AF320663

RECVEIL
DE
POËSIES
DE MADEMOISELLE
DESIARDINS.

A PARIS.
Chez GLAVDE BARBIN, dans la
Grand'Salle du Palais, au Signe
de la Croix.

M. DC. LXII.

AVEC PRIVILEGE DV ROY.

A MADAME
MADAME
LA DVCHESSE
MAZARIN.

ADAME,

Il y à long-temps que les emi-
nentes qualités de feu Monsei-

ã ij

gneur le Cardinal m'auoyent
inspiré le desir d'offrir quelques fleurs du Parnasse à celuy qui en meritoit toutes les
Couronnes. Mais, Madame, la
ieunesse de ma Muse la rendoit
timide : elle n'osoit entreprendre
de voler auec des ailes naissantes,
iusques au degré de gloire où la
vertu de ce grand Homme l'auoit
éleué. Ie croy mesme que cette timi-
dité m'auroit obligée à garder éter-
nellement le silence, si le Ciel pour
fauoriser mon zele, n'auoit fait
changer de sexe aux vertus de ce
Ministre incomparable. Cette
douceur qui vous est si naturelle,
m'a fait esperer de rencontrer en

vous, vn peu d'indulgence pour
ces premiers essais de ma plume:
& c'est sur la confiance que i'ay en
vostre bonté, que ie prends la liberté de vous les presenter. Vne
forte inclination à la Poësie, m'a
fait produire ces vers, plutost que
l'art & l'experience. Ie sçay bien
qu'ils ne sont pas assez polis, pour
estre exposez à la veuë de la digne heritiere du nom & des vertus
de Grand Cardinal Mazarin:
Mais, Madame,

Quand ce hardy dessein pa-
    roistroit temeraire,
Ma Muse aura tousiours vn
Destin glorieux:

á iij

Car lors qu'on a conceû le
  deſir de vous plaire,
On ne peut tomber que des
  Cieux.

  Cette penſée m'a rendu ſi am-
bitieuſe, que malgré la crainte &
le reſpect, que vos incomparables
perfections me deuoient donner,
i'ay bien oſé prendre la liberté de
vous faire entendre quelques vnes
de mes chanſons.

Leurs airs n'egalent pas ces
  merueilleux accens,
Qui font aux grands Au-
  theurs meriter de l'encens:
Ce n'eſt pas aux ſimples mu-
  ſettes,

A celebrer & la guerre, & la
Cour:
Et mes champeſtres chan-
ſonnettes,
N'oſeroient parler que d'a-
mour.

*Souffrez donc, s'il vous plaiſt,
Madame, que mes Bergers ne
vous entretiennent que de cette
paſſion, & qu'ils taſchent à vous
faire voir, que la Diuinité des
Amans eſt quelque-fois auſſi pa-
rée auec vne houlette, qu'auec
vn Sceptre:*

Que veſtu de cette manie-
re,

L'amour n'en fait pas moins
reconnoiſtre ſes loix:
Qu'il cache dans ſa pane-
tiere,
Les plusdangereux traits qui
ſoient dans ſon carquois:
Que ſouuent ſous l'habit
champeſtre,
Il s'eſt aſſujetty des Princes
& des Roys:
Et que iamais ce Dieu ne ſe
fait mieux connoiſtre,
Que parmy les rochers, les
antres, & les bois.

On aura certainement de la
peine à vous perſuader cette
verité, & apres auoir trou-

ué l'amour si charmant sous
la figure de l'illustre Epoux que
le Ciel vous a donné , il sera
difficile de vous faire croire qu'il
puisse estre agreable sous vne
autre forme. Mais le Mir-
the est quelques-fois aussi
propre à faire des Couronnes,
que le Laurier , & ce merueilleux Epoux, que les vertus des
Conquerans rendroient si bril-
lant , si nous auions la guerre , ne
perdra point ses appas , s'il prend
la houlette pendant la paix. Pour
vous , Madame , vous estes
obligée à aimer les diuertissémens
pacifiques, puis que la paix dont

nous ioüiſſons, eſt le fruiĉt des
trauaux de cet Oncle admirable ; que la France regrettera
à iamais, & que c'eſt par cette aĉtion ſi heroïque, qu'il a me-
rité principalement l'amour &
la veneration de toute l'Europe.
Ainſi, Madame, i'oſe eſperer
que tous tranquilles que ſont mes
innocens Bergers, ils ne laiſſeront
pas de vous eſtre agreables ; &
qu'ils auront aſſez de bon-heur,
pour m'obtenir la permiſſion de
vous conſacrer quelque iour des
ouurages plus acheuez, où pour
mieux dire, moins indignes d'ac-
compagner le ſincere adieu que

ie fais, de la forte passion auec
laquelle ie suis,

MADAME,

Voftre tres-humble, & tres-
obeïſſante ſeruante,
DESIARDINS.

SVR LA MORT.

DE

MONSEIGNEVR

LE CARDINAL

MAZARINI

SONNET.

IOignez, peuples, ioignez vos cris à
   voſtre effroy :
Le grand IVLE n'eſt plus: ſes vertus &
   la gloire,
Qui feront à iamais reuiure ſa memoi-
   re,
N'ont pû le garantir de la commune
   loy.

Il estoit icy bas seul comparable à
soy:
Il nous donna la Paix au champ de la
victoire :
Il meurt pour acheuer sa glorieuse hi-
stoire ,
Accablé des trauaux qu'il souffrit pour
son Roy.

Apres tant de hauts faits & de paix &
de guerre,
Qu'auroit-il esperé de l'infertille terre ?
N'auoit-il pas de gloire épuisé ces bas
lieux ?

Mortels, nostre indigeance a causé cette perte :
IVLE est allé chercher sa Palme dans
les Cieux,
N'en voyant plus icy qui luy pust estre
offerte.

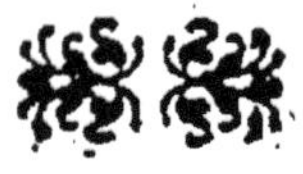

A
CLIDAMIS.

EGLOGVE I.

ENfin, cher Clidamis, l'amour
vous importune :
Vous fuiuez le party de l'a-
ueugle fortune.
L'exemple des mortels, qu'elle a pre-
cipitez
Du supreme degré de leurs prosperi-
tez ;
Des Thrônes renuersez, des nations
éteintes,
Qui troublent l'Vniuers par leurs trop
iustes plaintes ;

La foule des Heros qu'elle traine au
  cercueil,
N'ont pû vous garentir de ce funeste
  écueil.
Pour elle vous quittez noftre innocen-
  te vie,
Qui de tant de douceurs auoit esté
  suiuie :
Pour elle vous quittez ce paisible
  sejour,
Où regnent pour iamais l'innocence
  & l'amour.
Le desir des grandeurs étouffe voftre
  flame,
La Cour & ses appas me chaffent de
  voftre ame :
Ma cabane n'eft plus digne de vous
  loger,
Vous eftes Courtifan, & n'eftes plus
  Berger.
Hé bien ! cher Clidamis, suiuez voftre
  genie,
Acquerez, s'il se peut, vne gloire in-
  finie :
I'y confens, i'y confens ; mes amou-
  reux soûpirs

Ne troubleront iamais vos faſtueux
 plaiſirs
Qu'vn éternel oubly ſoit le prix de
 mes peines,
Renoncez à mon cœur pour des chi-
 meres vaines;
A de laſches deuoirs ſacrifiez des
 iours,
Dont les mains de l'Amour deuoient
 filer le cours:
Malgré tant de ſermens ſoyez traiſtre
 & pariure,
Ie ſouffriray mes maux ſans plainte &
 ſans murmure.
C'eſt vn foible ſecours que des em-
 portemens,
Et vous ſerez puny par vos propres
 tourmens.
Pour moy dans vn deſert exempte
 du naufrage,
Ie vous contempleray dans le fort de
 l'orage:
Et peut eſtre qu'vn iour de ce tran-
 quille port,
Ie vous verray l'obiet des caprices du
 ſort:

B

De là ie vous verray sur la mouuante
     rouë,
Tantoſt au firmament, & tantoſt dans
     la bouë.
L'aueugle Deïté dont vous ſuiuez le
     char,
Seme indifferemment ſes faueurs au
     hazard :
Son inconſtante humeur ne peut eſtre
     arreſtée :
Ie la connois, Berger, pour vous ie
     l'ay quittée :
Ie ſçay trop de quels biens elle peut
     nous combler,
Et que c'eſt dans ſes bras qu'on doit le
     plus trembler.
Quand des ſiecles entiers de tourmens
     & de peines,
Vous auront rebuté de vos pourſuites
     vaines,
Et que vous trouuerez que des mal-
     heurs nouueaux
Seront l'vnique fruit de tous ces longs
     trauaux ;
Peut-eſtre, Clidamis, que mon ſim-
     ple hermitage

Ne vous paroiſtra plus vn ſi meſchant
    partage :
Vous connoiſtrez alors, que nos prez
    & nos bois,
Sont vn plus doux ſejour que les Pa-
    lais des Rois :
Et rappellant enfin dedans voſtre me-
    moire,
De nos tendres plaiſirs la bien-heureu-
    ſe hiſtoire,
Vous direz, mais trop tard, qu'ils ſont
    plus precieux
Que l'éclat deceuant qui s'eſtalle à
    vos yeux.
Tous les ſoins ſont bannis des demeu-
    res champeſtres,
On y vit ſans ſubjets, mais on y vit
    ſans maiſtres :
C'eſt le ſejour heureux du veritable
    amour,
L'aſyle des plaiſirs qu'on bannit de la
    Cour :
Et l'amour qui cherit l'ombre & la ſo-
    litude,
Vous abandonnera parmy la multi-
    tude :

A ij

Ne le cherchez iamais fous les lambris
    dorez,
La fortune & l'amour ont leurs droits
    feparez :
Où l'vne veut regner, il faut que l'au-
    tre cede.
Hé! quelle eft donc helas ! l'amour qui
    vous poffede ?
Pourquoy vouloir quitter vn Maiftre
    fi charmant,
Qui pour vous rendre heureux, vous
    auoit fait Amant ?
Ah ! reuenez à moy, fongez que ie
    vous ayme,
Ou plutoft, Clidamis, reuenez à vous
    mefme :
De voftre propre cœur écoutez mieux
    la voix,
Confultez le Berger pour la derniere
    fois.
Cet aymable captif auoit trop de ten-
    dreffe,
Pour ceder aux appas d'vne aueugle
    Deeffe :
Il eft né pour auoir vn plus illuftre ap-
    puy ;

Et le Destin n'a point d'esclaues tels
que luy.

EGLOGVE II.

DAns vn charmant pays éloigné de
    la Cour,
Dans vn beau lieu planté par les mains
    dé l Amour:
Où l'on voit vn torrent par sa cheute
    rapide,
Applanir des rochers la verte pyrami-
    de,
Et creuser vn chemin pour se preci-
    piter,
Sur vn superbe mont qui veut luy re-
    sister ;
Et puis tout glorieux d'vne telle dé-
    poüille,
Appaiser sa fureur sur les costeaux qu'il
    moüille ;
Et laisser écouler ses boüillonnantes
    eaux,

Dans vn bois de ſapins en mille clairs
    ruiſſeaux.
Dans ce bocage épais reigne vne
    paix profonde,
Que netroubla iamais le tumulte du
    monde :
Là les mornes hiboux n'oſeroient ſe
    nichér,
Et les cruels corbeaux n'oſeroient ſe
    percher :
Là peut en ſureté demeurer la Ber-
    gere,
Sans craindre la fureur de la Louue
    en colere :
Là ne ſe vit iamais de Satyre inſo-
    lent :
Et l'on void tous les iours d'vn pas
    tranquille & lent ,
Les innocens agneaux quitter la Ber-
    gerie,
Sans des loups acharnez craindre la
    barbarie :
L'Amour en a banny ces affreux ani-
    maux.
Et la douceur de l'air, le murmure des
    eaux,

Des Cedres & des Pins la fraifcheur &
  l'ombrage ,
Des charmans Roffignols l'agreable
  ramage ,
Le fouffle des Zephirs , les Echos d'a-
  lentour ,
Les arbres & les fleurs , tout infpire
  l'amour.
Que l'on viuroit content dans cette
  aymable terre ,
Si cette paffion n'y faifoit point la
  guerre !
Dans ce lieu feulement on pourroit
  eftre heureux ,
Si l'on n'y fentoit point les tourmens
  amoureux.
Mais helas ! de ce Dieu la puiffance fu-
  prême ,
Fait dire dans ces bois, Ie meurs &
  ie vous ayme :
On y veille la nuit , on y refve le
  iour.
Tout y connoift enfin le pouuoir de
  l'Amour.
Mais entre les Bergers qui luy rendent
  hommage ,

Licydas

Licydas le plaisir & l'honneur du Boc-
    cage,
Licydas que Venus eust fait gloire
    d'aimer,
Et que Venus pourtant n'eust iamais
    pû charmer;
Licydas cét Amant si tendre & si fi-
    delle,
Accablé par l'excez d'vne douleur
    mortelle,
Exprimoit par ces vers ses mouuemens
    ialoux,
A l'ingratte Beauté dont il sentoit les
    coups.
Adieu (luy disoit-il) adorable Celie,
Vostre infidelité me priue de la vie :
Et puis que ce moment me conduit à
    la mort,
Ie ne dois l'employer qu'à deplorer
    mon sort.
Ecoutez mon tourment, trop ayma-
    ble infidelle,
Et fussiez vous encor mille fois plus
    cruelle,
Sur le tendre recit de mes longues
    douleurs,

C

Vos yeux ſeront forcez à repandre des
    pleurs.

Ce diſcours qui iadis euſt charmé la
    Bergere,

Trouble alors le repos de ſon ame
    legere :

Elle ne connoiſt plus le fidelle Ber-
    ger,

Et depuis que l'ingrate auoit pû le
    changer,

Tout ce qu'il poſſedoit de charmant
    & d'aimable,

Paroiſſoit à ſes yeux vn obiet effroya-
    ble.

Elle ne pût ſouffrir vn diſcours ſi preſ-
    ſant,

Et lançant au Berger vn regard me-
    naçant :

Ceſſe, ceſſe (dit-elle) vn diſcours qui
    m'outrage,

Ie ne puis, ô Berger ! t'écouter d'auan-
    tage :

Ie ne t'ay point donné ny retiré mon
    cœur,

Ie n'eus iamais pour toy ny bonté
    ny rigueur :

Si vous auiez paru touſiours inexorable,
On ne me verroit pas auiourd'huy mi-
  ſerable,
(Reprit-il) & i'aurois pour addoucir
  mon ſort,
Euité vos beaux yeux, ou recherché la
  mort.
Mais par l'appas flatteur de mille bontez feintes,
Vous fiſtes à mes nœuds de plus for-
  tes eſtreintes.
Ne vous ſouuient-il plus de ce bien-
  heureux iour,
Où le viſible effet du pouuoir de l'A-
  mour,
Vous fit voir malgré moy iuſqu'au
  fonds de mon ame,
Ce qu'vn iuſte reſpect vous cachoit
  de ma flame?
Ceſſe (me dites-vous) d'eſtouffer tes
  ſoupirs,
En vain tu veux cacher tes amoureux
  deſirs :
Si l'excez du reſpect a retenu ta lan-
  gue,

L'amour a pris le soin de faire ta ha-
   rangue :
Et cét éloquent Dieu s'en acquitte si
   bien,
Que ie reçois ton cœur, & te promets
   le mien.
Vous m'auez commandé depuis cette
   promesse,
De vous donner le nom de ma belle
   maistresse :
Lors que ie m'abfentois quelque-fois
   du hameau,
Vous auiez la bonté de garder mon
   troupeau :
Et ie fus si heureux qu'à la derniere
   Feste,
Vous ornastes de fleurs ma houlette
   & ma teste.
Depuis ce doux moment qu'ay-ie fait
   contre vous,
Qui puisse meriter vostre iniuste cou-
   roux ?
Ha ! vous sçauez trop bien quelle est
   mon innocence,
Mais Tirenne vous plaist, & voilà
   mon offence :

Voftre nouuelle amour pour cet heureux Berger,

M'a rendu criminel en vous faifant
changer.

Hé bien, ie fouffriray le plus cruel fu-
plice,

Sans iamais murmurer d'vne telle in-
iuftice:

Mais, auoüez au moins, ingratte, apres
ma mort,

Que mon feu meritoit vn plus illuftre
fort.

Le trifte Licydas finit ainfi fa plainte:

Les Dryades des bois en eurent l'ame
atteinte,

Cent fois dans fon rocher Echo la
repeta,

Le Soleil pour l'entendre en ce lieu
s'arrefta:

Il rauit les Syluains par fa douce har-
monie,

Et tout en fut touché, hors l'ingratte
Celie.

EGLOGVE III.

Toy qui ne fus iamais senſible qu'à la gloire,
Toy dont la cruauté preſente à ma meᵉ
moire,
Du fidelle Tyrcis le funeſte tranſ-
port,
Et de tant de Bergers la déplorable
mort:
Ce de ſuperbe cœur, il eſt temps de ſe
rendre,
En vain par ton orgueil tu pretens te
deffendre:
Ie ne reconnois plus cette noble fierté,
A qui ie deûs touſiours ma chere liberté.
Diuines qualitez ſi long-temps conſer-
uées,

Enfin par Clidamis vous m'eftes enle-
uées :

Il faut vous immoler au pouuoir de l'A-
mour,

Il eft temps de ceder, & voila voftre
iour.

Que Clidamis eft beau! que fa grace eft
extreme !

Que fon tranfport me plaift, quand il
prononce, i'ayme !

Mais pour rendre ce mot encor cent
fois plus doux,

Quel ne dit-il auffi, Philimeine c'eft
vous?

Ha ! bons Dieux ! quel bon-heur pour
mon ame enflamée,

Si de ce beau Berger ie me puis voir ai-
mée ?

Nos deux cœurs n'auront plus que les
mefmes defirs,

Nos ames goufteront mille innocens
plaifirs,

Loing du monde & du bruit, fans nulle inquietude :

En gardant nos troupeaux dans quelque folitude,

Assis negligemment aux bords des
   clairs ruisseaux,
Nous mêlerons nos voix au doux chant
   des oyseaux.
Sans cesse les Echos porteront dans la
   plaine,
Le nom de Clidamis & de sa Philimeine:
Les Cedres & les Pins de ces boccages
   verts,
Seront grauez par nous de cent chiffres
   . diuers:
On verra ces témoins de nos ardentes
   flammes,
Et les seuls confidens du secret de nos
   ames,
Preseruez par l'amour des iniures du
   temps,
Conseruer dans les Cieux vn éternel
   prin-temps,
Et pour seruir toûiours à l'amoureux
   mystere,
Egaler en beautez les forests de Cythe-
   re:
Nous passerons nos iours sans crainte
   & sans ennuy,

Il n'aimera que moy, ie n'aimeray que
   luy:
Sans cesse on nous verra dire sur la fou-
   gere :
M'aimes-tu, mon Berger? m'aimes-tu,
   ma Bergere,
Pour mettre la raison d'accord auec nos
   sens,
La vertu reglera nos plaisirs innocens :
Il chantera mon nom sur sa douce mu-
   sette,
Ie graueray le sien du fer de ma houlette.
Le plaisir de nous vo r dans quelqu'aimable bois,
Nous ostera souuent l'vsage de la
   voix :
D'vn amoureux transport la douce
   violence,
Nous retiendra tous deux dans vn pro-
   fond silence:
Nos deux cœurs enflammez parleront
   par nos yeux:
Clidamis mon Berger, peut-on s'expliquer mieux?

Dans cet heureux moment on rougit,
   on soûpire,
On demeure muët pour auoir trop à
   dire :
Helas ! qu'il est charmant ce muët en-
   tretien !
Et qu'on est eloquent, lors qu'on ne se
   dit rien !

EGLOGVE IV.

Dans vn lieu que la Seine embellit
    de son cours,
Dans de plaisans hameaux où l'on voit
    tous les iours,
Cent fidelles Bergers aux pieds de
    leurs Bergeres,
Rendre les Lis ialoux du bon-heur des
    fougeres,
Et montrer que les ieux, les graces &
    l'amour,
Se trouuent dans les bois plus souuent
    qu'à la Cour.
Dans ce charmant seiour tout inspire
    la ioye,
Vne ame à cent plaisirs se peut donner
    en proye:
Et le Ciel liberal y verse à pleines
    mains,

Tout ce qui peut iamais rendre heu-
	reux les humains.

Le Berger Lycidas accablé de souffian-
	ce,

Pâle, morne & trancy, dans vn pro-
	fond silence,

Trouble seul les plaisirs de ces char-
	mans hameaux,

Et fait cesser le chant des plus doux
	chalumeaux.

Chacun dans sa douleur prend part, &
	s'interesse :

Chacun veut l'obliger de vaincre sa tri-
	stesse :

On inuente pour luy mille nouueaux
	plaisirs,

Mais rien n'a le pouuoir de flatter ses
	desirs.

Il n'est dans le hameau si cruelle Berge-
	re,

Qui n'ait cent fois tenté de finir sa mi-
	sere,

Qui ne laisse mourir Licydas à re-
	gret,

Et n'en fasse à ses yeux vn reproche se-
	cret.

Pour rendre leurs attraits les autheurs
　　de ses peïnes,
Toutes ont consulté le cryſtal des fon-
　　taines,
Toutes ont releué l'eclat de leurs ap-
　　pas,
Mais rien ne peut toucher le cœur de
　　Lycidas:
Et depuis que Philis briſa ces nœuds de
　　flames,
Qui sembloient ſi long-temps deuoir
　　ioindre leurs ames,
Son cœur qui fut trahy, ne veut plus
　　conſentir,
A ſe voir par l'amour encore aſſuiet-
　　tir.
Il ſçait que ſes preſens ſont des biens
　　peu durables,
Que s'il fait vn heureux, il fait cent mi-
　　ſerables:
Que de mille douleurs les Amans ſont
　　remplis,
Et qu'il eſt icy bas bien plus d'vne Phi-
　　lis.
Il ſouffre toutesfois vne douleur ex-
　　treme,

Ses yeux sont languissans, & son visage
    bléme,
Il pousse des sanglots, il resue tout le
    iour,
Hé! ne sont-ce pas là des effects de l'a-
    mour?
Et n'est-ce pas ainsi qu'vn amant qui
    souspire,
Doit exprimer l'excez de son cruel
    martyre?
Que pourroit-il sentir, s'il n'est point
    amoureux?
Et qui peut que l'amour, le rendre mal-
    heureux?
Il a tousiours passé son innocente
    vie,
Sans desir des grandeurs, sans remors,
    sans enuie:
Vn troupeau fait l'obiet de son ambi-
    tion;
Et plaire à sa Philis, toute sa pas-
    sion.
Ce tumulte importun qui suit la Cour
    des Princes,
Cét aueugle desir de gaigner des Pro-
    uinces,

Qui fait à nos Heros tant courir de
 dangers,
Ne trouble point l'esprit des paisibles
 Bergers:
Ils paſſent tous leurs iours en de galan-
 tes feſtes,
A des cœurs innocens ils bornent leurs
 conqueſtes :
Et de ces paſſions qui reignent à la
 Cour,
Ils n'en connoiſſent point que celle de
 l'amour.
L'amour ſeul fait leurs biens , l'amour
 fait leurs ſupplices:
Plaire ou ne plaire pas , leurs maux ou
 leurs delices.
Tout agit par l'Amour dans ces aima-
 bles lieux,
Et l'Amour y tient lieu de tous les au-
 tres Dieux.
O toy pauure Berger ! quelles ſont tes
 miſeres,
Mépriſant les attraits des plus belles
 Bergeres ?
Tu reſſens tous les maux que ſouffrent
 les amans,

Sans prendre aucune part à leurs contentemens:

D'vn tourment exceſſif tu ſens la violence,

Sans gouſter les douceurs que donne
l'eſperance.

Comment faire ceſſer tes cruels deſ-
plaiſirs,

Si l'on ne peut ſçauoir d'où naiſſen ttes
ſoûpirs?

Meurs; de tous les moyens c'eſt le ſeul
qui te reſte:

Et ta mortſeruira d'vn exemple funeſte,

Que parmy les Bergers le mal le plus
preſſant,

C'eſt de ſouffrir beaucoup ſans dire ce
qu'on ſent.

EGLOGVE V.

SOlitaires deserts, & vous sombres
    allées,
A la clarté du iour presque tousiours
    voilées:
Parterres émaillez, clairs & bruyans
    ruisseaux :
Boccages où l'on voit mille charmants
    oiseaux,
D'vn harmonieux chant diuertir les
    Dryades,
Et d'vn bec amoureux caresser les
    Nayades:
Lieux qui futes souuent tesmoins de
    mon bon-heur ,
Soyez-le maintenant de ma iuste dou-
    leur.
Ie ne viens plus icy le cœur plein d'al-
    legresse,
Pour demander l'obiet de toute ma
    tendresse:

D

Et du bruit de son nom incessamment
    troubler,
Les Palais resonnans de la Fille de
    l'air.
Ie viens l'esprit remply de mortelles
    alarmes,
Le cœur gros de soûpirs, & les yeux
    pleins de larmes,
Vous montrer en Philis par vn triste
    retour,
Les funestes debris d'vne constante
    amour.
Hostesses de ces lieux, Diuinitez cham-
    pestres,
Qui m'auez veu cent fois à l'ombre de
    vos hestres,
Gouster tranquillement les douceurs
    de mon sort,
Aurriez vous bien preueu mes douleurs
    & ma mort ?
Qui vous eust dit alors, que le traistre
    Tircine
Briseroit quelque iour nostre commu-
    ne chaîne,
Que Philis de son cœur se verroit effa-
    cer,

Saintes Diuinitez l'auriez vous pû penser?

Quand mes iustes soupçons me don-
noient quelqu'atteinte,

Banissez (disoit-il) banissez cette crainte,

Cessez de faire tort à vos diuins appas,

Ha ! ie vous aimeray mesme apres le
trepas :

La Parque ne peut rien sur mon amour
extreme,

Ne viuant plus en moy, ie viurois en
mesme :

Et la terre & les Cieux se ioindroient
aux Enfers,

Pour esteindre mes feux & pour briser
mes fers;

Que pour me conseruer fidelle à ma
Bergere,

Seul ie resisterois à toute leur colere.

Helas ! que ne peut point vn aimable
imposteur,

Quand l'Amour l'a rendu le plus fort
dans vn cœur?

Ces mots seuls remettoient le calme
    dans mon ame,
Et le plus grand des Dieux m'auroit,
    offert sa flame,
Qu'apres vn tel discours ie l'aurois ne-
    gligé :
Et cependant, de fers, le pariure a chan-
    gé.
Puissantes Deïtez qui gouuernez la ter-
    re,
Monarque souuerain qui lancez le
    Tonnerre,
Pour qui reseruez vous vos iustes cha-
    stimens,
Si vous laissez 'en paix les perfides
    amans?
Quoy! tous les criminels seront reduits
    en poudre,
Et les pariures seuls euiteront la fou-
    dre?
Quoy ! pour les Ixions, pour les ambi-
    tieux,
Il fera des Enfers, des Iuges & des
    Dieux ;
Et pour les traistres seuls il n'est point
    de suplice?

Ha ! que fait , Immortels , que fait vo-
    ftre iuftice ?
Pourquoy ne pas monftrer à qui l'oze
    offencer ,
Que vous fçauez punir comme recom-
    penfer ,
Qu'on reffent toft ou tard l'effet de vos
    menaces ;
Et que fi mon ingrat abufe de vos gra-
    ces ,
Vous luy ferez fentir voftre iufte cour-
    roux ,
Et vengerez fur luy Philis, l'Amour &
    vous ?
Mais où m'emportez vous , tragique
    réuerie ?
Qu'ofez-vous demander , indifcrette
    furie ?
Tircine contre qui vous implorez les
    Dieux ,
N'eft-il pas ce Berger fi charmant à
    mes yeux ?
Quoy donc ? vous demandez les plus
    cruels fuplices ,
Pour Tircine l'objet de mes cheres de-
    lices ;

Tircine mes amours, Tircine mon
    Berger?
Non, non, que cét ingrat soit pariure
    & leger,
Qu'il ait manqué de foy, qu'il merite
    ma haine,
Qu'il soit lasche & trompeur, il est
    toussiours Tircine:
Et mon cœur amoureux bien loin de
    le hayr,
Semble d'intelligence à se laisser tra-
    hir.
Qu'il viue donc: grands Dieux, par-
    donnez luy son crime:
Et si pour l'expier il faut vne Victi-
    me,
'Appaisez sur Philis vostre iuste cou-
    roux:
Prenez, prenez mon cœur pour l'ob-
    iect de vos coups :
Vous pouuez le punir sans faire vne
    iniustice,
Il fut de tous mes maux l'autheur ou
    le complice:
Le credule qu'il est ayma trop forte-
    ment,

Et fut trop tost soûmis par vn perfide
  amant :
Il deuoit se choisir de plus illustres
  chaines :
Par sa foiblesse helas ! il merita ses
  peines.
Faites luy donc sentir le barbare pouuoir,
Des coups empoisonnez qu'il voulut
  receuoir.

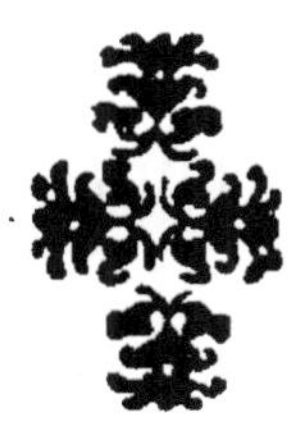

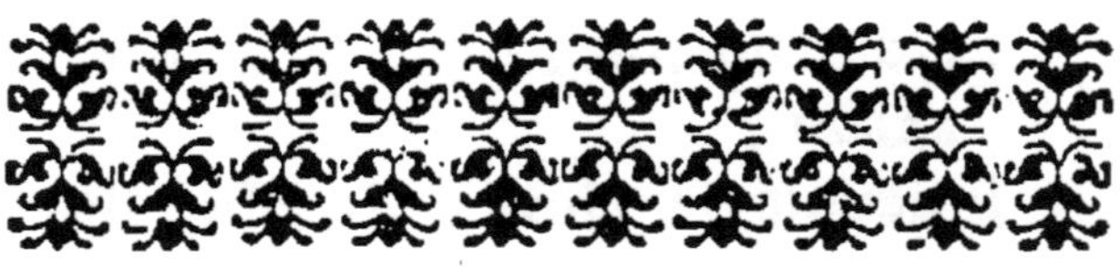

ELEGIE I.

PRincipe souuerain de tout ce qui
   respire,
Imperieux Tyran dont ie cheris l'empire,
Seule Diuinité des fidelles Amans,
Autheur de tous nos biens comme de
   nos tourmens,
Adorable Vainqueur des plus illuſtres
   ames,
Pere de nos deſirs, viue source de
   flames,
Enfant à qui les Dieux ne peuuent re-
   siſter,
Amour, n'es-tu point las de me per-
   secuter?
Pour qui sont reseruez tes biens & tes
   delices,

Si tu

Si tu n'as pour mon cœur qu'horreurs
    & que supplices?
Pour ce cœur qui sentit tes feux & tes
    tourmens,
Auant que de sentir ses propres mouue-
    mens.
A des maux inconnus tu le liurois en
    proye,
Auant qu'il pust gouster le plaisir ny la
    ioye :
Par le decret fatal d'vne immuable
    loy,
Auant qu'estre à luy mesme, il estoit
    tout à toy :
Et le secret instinct qui t'en rendit le
    maistre,
Le fit te pratiquer auant que te connoi-
    stre.
Oüy ie sentois, Amour, ces tendres
    mouuemens,
Ces amoureux transports, ces doux
    emportemens,
Ces secrettes langueurs, ces desirs, ces
    allarmes,
Tout ce qu'on sent enfin quand on te
    rend les armes :

E

Sans sçauoir d'où naiſſoient tant de
    maux ſi preſſans,
Qui troubloient mon eſprit & ſedui-
    ſoient mes ſens.
Et lors-que les appas du trop charmant
    Tircine,
Me firent deuiner le ſuiet de ma pei-
    ne,
Bien loin de murmurer de cette trahi-
    ſon,
Ie beniſſois la main qui fermoit ma pri-
    ſon:
Ie trouuois de l'honneur à me voir
    aſſeruie,
I'euſſe achepté mes fers aux deſpens de
    ma vie:
Plus mon cœur en portoit, plus il en de-
    ſiroit;
Quand tu le ſoulageois , l'innocent
    murmuroit:
Et ie diſois ſouuent au fort de ma mi-
    ſere ,
Redouble, Amour, redouble vne pei-
    ne ſi chere ;
Et ſi ce n'eſt aſſez d'vn cœur pour t'a-
    dorer,

I'en voudrois auoir cent pour te les
    confacrer.
Helas ! tant de refpect & tant de con-
    fiance,
Deuoient-ils m'attirer ta haine & ta
    vengeance ?
Et falloit-il traitter comme tes enne-
    mis,
Vn cœur, vn foible cœur, fi tendre &
    fi foûmis ?
Pourquoy l'embrafois-tu d'vne flame
    fi pure,
Pour vn perfide Amant, infidelle &
    pariure ?
S'il deuoit eftre ingrat, que n'eftoit il
    hay ?
S'il deuoit eftre aymé, pourquoy m'a-
    t'il trahy ?
Que n'eftoit-il le but des coups de la
    fortune,
Si fa felicité l'endort & l'importu-
    tune ?
Et pourquoy luy donner pouuoir de
    me charmer,
S'il deuoit fe laffer de fe voir trop ay-
    mer?

E ij

Quoy ? pour moy seulle, Amour, tu
  produis ton contraire?
Dés lors qu'on me plaist trop, ie com-
  mence à déplaire :
Et c'est assez pour moy que d'aymer
  tendrement,
Pour porter la tiedeur dans le cœur
  d'vn amant.
Ha ! que si le dépit d'vn si sensible ou-
  trage,
Auoit remply mon cœur de colere &
  de rage ;
Si la honte de voir qu'on me manquoit
  de foy,
M'eust tousiours fait haïr tous les
  Amans & toy :
Et qu'ils m'eussent paru tout autant
  de Tircines,
Que i'aurois épargné de soupirs & de
  peines?
Mais helas ! que l'effet d'vn couroux
  languissant,
Est vn foible secours contre vn Dieu si
  puissant ?
Ce Tircine inconstant, & ma gloire
  offencée,

Estoient encore presens à ma triste pen-
   sée :
Mille sombres vapeurs, mille soupçons
   ialoux,
Allumoient dans mon cœur la rage &
   le courroux :
Et ie ne respirois qu'horreur & que
   vengeance,
Lors que par vn effet de ta toute-puis-
   fance,
Tes feux, tes traiftres feux rentrerent
   dans mon cœur,
Et placerent l'amour où regnoit la fureur.
Ie connus Clidamis, ie le vis charita-
   ble,
Il me parut d'abord & tendre & pi-
   toyable :
Il eut de mes mal-heurs tant de com-
   passion,
Que bien loin de blâmer ma folle pas-
   fion,
Par des discours flatteurs il loüoit ma
   foiblesse,
Et me disoit qu'vn cœur capable de
   tendresse.

Estoit le plus beau don & le plus pre-
cieux,
Qu'on pouuoit receuoir de la bonté
des Dieux.
Clidamis me fut cher par cette com-
plaifance,
Ses bontez m'infpiroient de la reconnoiffance :
Et fans beaucoup d'effort, comme on
voit chaque iour,
Dé la reconnoiffance on va iufqu'à
l'Amour.
Ie ne gardois mon cœur que du trai-
tre Tireine :
Tant que pour cet ingrat ie fentois de
la haine,
Ie croyois que l'Amour n'ozeroit abor-
der,
D'vn cœur que le depit fembloit fi bien
garder :
Mais ie ne fçauois pas que colere, vengeance,
Haine, dépit, courroux, tout cede à
ta puiffance :
Et que deuft-on fouffrir cent fois mefme tourment,

Le hazard qu'on en court, est vn hazard charmant.
En vain ie l'ignorois, Clidamis sçût
  m'apprendre,
Que contre ses vertus on ne peut se
  deffendre.
I'eûs beau representer à ma foible raison,
De mon premier Amant la noire tra-
  hison :
I'eûs beau solliciter dans mes tristes
  pensées,
Tant de Diuinitez qu'il auoit offen-
  cées :
Vainement, vainement i'aurois recours aux Cieux,
Clidamis & l'Amour sont plus forts
  que les Dieux.
Qui pouuoit détourner vn mal si re-
  doutable,
Si Clidamis m'aimoit, & s'il estoit aymable ?
Il auoit mille appas, il m'en trouuoit
  autant,
En vn mot il estoit vn Tireine con-
  stant.

Ie cede donc ,Amour, à tant d'aima-
    bles charmes ,
Et mes tendres soûpirs, mes regards,
    mes alarmes ,
Son nom sans y penser prononcé mille
    fois ,
Luy firent cét aueu que refusoit ma
    voix.
Que d'innocens plaisirs nos mutuelles
    flammes
Firent alors gouster à nos deux tendres
    ames ?
Que les premiers momens des tranf-
    ports amoureux,
Pour des cœurs enflamez , font des
    momens heureux !
Mais vn départ causé par des raisons
    cruelles ,
Conuertit nos plaisirs en des douleurs
    mortelles :
Et i'appris par les maux qu'il me fallut
    souffrir,
Qu'il est vn plus grand mal que de se
    voir trahir.
Dans vn cœur qu'on trahit , l'amour
    cede à la rage :

Des peines qu'il ressent, le depit le
   soulage :
Et tant de passions y sont confuse-
   ment,
Qu'aucune ne sçauroit y reigner fortement.
Mais helas! dans les maux que fait naistre l'absence ,
Rien ne peut soulager qu'vn rayon
   d'esperance :
Et quand ce foible espoir tient tout
   seul dans vn cœur,
Contre tous les transports d'vne amou-
   reuse ardeur,
Contre mille desirs l'vn à l'autre con-
   traires ,
Des soupçons mal fondez, des desseins
   temeraires ,
Et cent autres tourmens qu'on ressent
   tous les iours;
Ha ! qu'vn peu d'esperance est vn foible secours !
Voilà, cruel Amour, voilà quelle est
   ma peine,
M'en trouues-tu trop peu pour assouuir ta haine ?

Tu m'as fait negliger par vn Amant
    prefent,
Et tu me fais cherir par vn Amant ab-
    fent.
Vn mal que ie croyois le comble des
    miferes,
Eftoit vn bien au prix de mes douleurs
    ameres.
Pouffe ta rage à bout, fais vn dernier
    effort,
Amour, ie n'ay plus rien à craindre
    que la mort :
Apres la trahifon, le mefpris & l'ab-
    fence,
La mort feule a pouuoir d'augmenter
    ma fouffrance.
Mais quand ton intereft ne t'engage-
    roit pas,
A fauuer Clidamis des fureurs du tré-
    pas ;
Et que pour épuifer tout ton carquois
    funefte,
I'efprouuerois encor le feul trait qui te
    refte :
Ie n'implorerois pas fur ce point ta pi-
    tié,

De ce mal à venir i'en reſſens la moitié.

Acheue, Dieu cruel, acheue ton ouurage :

Quand on ſent la moitié de ton dernier outrage,

Par vne prompte mort on peut ſe garantir,

De cet autre moitié qui reſte à reſſen-
tir.

ELEGIE II.

A Mour, cruel amour, barbare,
inexorable,
Tyran que t'ay-ic fait pour estre mife-
rable ?
Ie t'ay plus reueré que tous les Immor-
tels,
Mon encens mille fois parfuma tes
Autels.
Lors que tu m'as rendu Philoxeine
pariure,
I'ay mefme dans mon cœur étouffé le
murmure,
Ie n'ay pouffé vers toy que de triftes
foûpirs :
Et bien loin de former d'audacieux de-
firs,
Dans les plus forts accez de ma dou-
leur extrême,

I'ay gardé du respect pour ton pouuoir
　　suprême.
Laisse moy respirer vn' moment sur le
　　port,
Apres auoir souffert tant d'iniures du
　　sort :
N'es-tu pas satisfait d'auoir dés ma
　　naissance,
Vsurpé sur mon cœur vne iniuste puis-
　　sance ?
D'auoir donné le cours à des torrens
　　de pleurs,
Et planté des Cyprez où tu cueillois
　　des fleurs ?
Cruel, que faut-il donc pour assouuir
　　ta rage ?
Ne donne-tu iamais de calme apres l'o-
　　rage ?
Es-tu plus inhumain que les flots irri-
　　tez ?
Et veux-tu nostre sang apres nos liber-
　　tez ?
Helas ! qu'il est heureux qui dérobe
　　son ame,
Aux horribles tourmens que luy cau-
　　se ta flame !

Mais qu'il est mal-aysé de deffendre
     son cœur,
Quand tu veux fortement t'en rendre
     le vainqueur ?
En pensant t'éuiter on court à ta ren-
     contre :
On braue le peril que la raison nous
     monstre :
Vn precipice affreux ne nous estonne
     pas :
Tes plus cruels tourmens ont pour
     nous des appas.
Ainsi malgré les maux qui menaçoient
     ma vie,
Rien ne pût m'empescher de ceder à
     Celie :
La diuine Celie, à qui l'on void les
     Dieux
Faire vn iuste present de leurs dons
     precieux.
Elle ne parut point à mes yeux insen-
     sible :
Et par le doux effet de ce charme inui-
     sible,
Qui sçait mettre en deux cœurs mesme
     inclination,

Elle vit sans aigreur naistre ma passion.

Dés le premier moment que ie luy fis
 connoistre

Le feu que ses beautez dans mon cœur
 ont fait naistre,

Elle se desarma de toute sa rigueur

Et ie vis dans ses yeux vne douce langueur,

Qui sembloit m'exprimer par vn muët
 langage,

Qu'elle agréoit dés lors mon amoureux seruage.

Helas ! que cet adueu me causa de
 transport !

Et qu'il me fit benir la douceur de
 mon sort !

Mais, Amour, tes plaisirs sont de peu
 de durée,

Il n'est point sous tes loix de fortune
 asurée :

Et dans vn mesme iour vn miserable
 Amant

Voit naistre mille fois & mourir son
 tourment.

A peine auois-ie dit mon amoureux
 martire

A l'adorable obiet pour qui mon cœur
     soûpire,
Que d'vn Pere cruel le barbare pou-
     uoir,
Nous priue iniuftement du plaifir de
     nous voir.
Tygre, quel mal vous font nos inno-
     centes flames,
Que vous entreprenez de def-vnir nos
     ames?
Ha! ne l'efperez pas, tous vos efforts
     font vains,
Nos ames ne font point l'ouurage de
     vos mains:
Les Dieux en les formant par leur
     toute-puiffance,
Ont voulu les vnir au point de leur
     naiffance:
Cette belle vnion doit à iamais du-
     rer,
Et mefme le Deftin ne nous peut fepa-
     rer.
Mais que feruent helas! tant de pleintes
     friuoles?
Que font à mon Amour tant de vaines
     paroles?

Les

Les coups que ie reçois de ce Pere inhumain,
Sont frapez de plus haut, & par vne
   autre main.
Ce sont les Immortels qui causent ma
   misere,
Mon amour a sans doute attiré leur
   colere.
Depuis que ie me vis sous l'empire
   amoureux,
Ce n'est plus vers le Ciel que i'adresse
   me vœux :
Ie n'adore que vous, ma diuine Celie,
Pour vous i'ay mesprisé leur grandeur
   infinie :
Et les Dieux irritez, de leur gloire ialoux,
Ont voulu m'en punir en me priuant
   de vous.
Quoy ? ie ne verray plus voftre charmante bouche
Me dire : Licidas, voftre douleur me
   touche ?
Ie ne vous verray plus, doux charme
   de mes yeux ?

E

Ha ! non, cela n'eſt pas dans' le pou-
     uoir des Dieux :

Ie vous verray touſiours tant que i'au-
     ray des yeux.

Quand pour m'en empeſcher ils m'o-
     ſteroient la vie,

Ie vous verrois encore, adorable Ce-
     lie :

Mon Eſprit amoureux reuiendroit des
     Enfers,

Vous dire ; Ie vous ayme, ô beauté que
     ie ſers.

POVR LE ROY.

SONNET.

LE peuple gemiſſoit accablé de mal-
heurs,
On ne voyoit par tout qu'vn horrible
carnage:
Le vice triomphoit, tout cedoit à ſa
rage,
Et le Ciel eſtoit ſourd à nos triſtes cla-
meurs.

Lors qu'à la fin touché de nos viues
douleurs,
Il voulut faire effort pour calmer cet
orage :
Pour nous ſeuls il forma ſon plus par-
fait ouurage ;
Et noſtre grand LOVYS vint eſſuyer
nos pleurs.

Dés le premier moment de cette Illustre Vie,
On entendit crier le demon de l'enuie :
France, ne crains plus rien de l'enfer
   ny de moy;

Pour te rendre à iamais pompeuse &
   triomphante,
Le Ciel s'est espuisé pour te former vn
   Roy,
Et l'Espagne void naistre vne nouuelle
   Infante.

A MONSIEVR

LE CHANCELIER,

Pour luy demander mon Romant, qu'il auoit fait saisir.

ORgane glorieux du plus grand de
  nos Rois,
Admirable SEGVIER, dont l'extréme
  prudence
A toûiours soûtenu le Globe de la
  France,
Et qui de cét Estat nous dispense les
  Loix:

Vous qui par les accens d'vne diuine
  voix,
Donnez aux actions leur digne recom-
  pence;
Et qui voyez souuent dans la iuste ba-
  lance,
Le destin des mortels dependre de vos
  doits:

Si tout enuironné de l'éclatante gloire,
Qui vous deſtine vn trône au Temple
	de Memoire,
Vous daignez écouter la voix de l'In-
	nocent ;

I'oze vous ſupplier, Miniſtre magnani-
	me,
De ne pas étouffer vn ouurage naiſſant,
Dont les ſeuls ennemis ont cauſé tout
	le crime.

AVTRE.

NE vante plus, Amour, ta puissance
  suprême,
Ne croy plus que tes traits fassent
  trembler les Dieux :
Il est temps de quitter tes titres glorieux :
Clidamis a douté de mon amour extrême.

Pour luy prouuer mon feu ie t'em-
  pruntay toy-mesme,
Ie te fis de mon cœur vn Palais pre-
  cieux :
Tu poussois mes soupirs, tu parlois par
  mes yeux :
Cependant Clidamis peut douter si ie
  l'aime.

Ah ! si tant de desirs, tant d'amoureux
  transports,

Pour prouuer mon ardeur sont de fói-
    bles efforts,
La mort est vne voye & meilleure &
    plus douce :

Et toy que ie croyois le Roy des Im-
    mortels,
Amour, mon desespoir fera voir à ta
    honte,
Que la mort icy bas merite tes Autel.

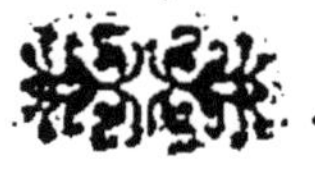

L'AVTRE

AVTRE.

NE formons plus, mon cœur, d'inutiles defirs,
De tes mal-heurs paſſez, ie veux finir
l'Hiſtoire :
Et bannir pour iamais de ma triſte me-
moire,
L'inexorable Auteur de tous tes deſ-
plaifirs.

Reprenons auiourd'huy nos tranquilles plaifirs,
Remportons ſur nous meſme vne illu-
ſtre victoire :
Songeons à noſtre honneur, ſongeons
à noſtre gloire,
Et ſongeons au meſpris qu'on fait de
nos ſoûpirs.

Il eſt vray que Tircis a d'adorables
charmes :

G

Mais l'ingrat nous neglige, il mefprife
  nos larmes.
Faifons, pour l'oublier, vn genereux
  effort :

C'eft l'vnique moyen de conferuer ma
  vie ;
Mais qu'il eft malaifé d'en conceuoir
  l'enuie !
Viure fans voir Tircis, eft bien pis que
  la mort.

POVR MADEMOISELLE
DE MONTBASON.

SONNET.

DEpuis voſtre depart , addrable Princeſſe,
Les ieux & les plaiſirs , ſont banis de
ces lieux :
Les graces & les ris ont ſuiuy vos beaux
yeux,
Et l'on ne voit icy que pleurs & que
triſteſſe.

Il ſemble que le cours dans nosmaux
s'intereſſe :
Depuis qu'on n'y voit plus le chef-
d'œuure des Cieux,
On n'y trouue plus rien qui ne ſoit en-
nuyeux,

Il n'a plus de verdeur, de frais, ny d'a-
   legreſſe.

Par vn heureux retour appaiſez vos
   douleurs,
Rendez à nos iardins leurs Zephyrs &
   leurs fleurs :
Et pour faire en vn iour toutes ces
   grandes choſes,

Pour remener icy l'agreable ſaiſon,
Pour nous rendre nos lys, nos œillets,
   & nos roſes,
Reuenez à Paris, diuine Montbaſon.

A V T R E.

Impetueux tranſports d'vne ardeur
    inſenſée,
Douces illuſions qui ſeduiſez nos ſens,
Souuenirs qui rendez mes efforts lan-
    guiſſans,
C'eſt trop long-temps regner dans ma
    triſte penſée.

Malgré tous vos appas vous ſerez ef-
    facée,
Fatale   impreſſion de tant d'attraits
    puiſſants:
Mouuemens indiſcrets, ſi doux & ſi
    preſſans,
Ie vous immole tous à ma gloire offen-
    cée.

Mais, quel trouble ſecret s'oppoſe à
    mes deſſeins?
Quel deſordre imprevû rend ces mou-
    uemens vains?

Que me demandes-tu, cœur ingrat &
   rebelle ?

Si l'honneur & la foy ne te peuuent
   guerir,
Pour éuiter les noms de foible & d'infidelle,
Lâche, montre du moins que tu fçais
   bien mourir.

AVTRE.

PHilis, dans l'amoureux Empire,
  Qu'on goûte de contentemens!
Et que les peines des Amans,
Cauſent vn aymable martyre!

Qu'on eſt heureux quand on ſoûpire !
Et que les plus rudes tourmens
Sont payez par de doux momens,
Quand on obtient ce qu'on deſire!

Il eſt vray qu'eſtant amoureux,
Et loin de l'obiet de ſes vœux,
On ſent vne douleur extréme.

Mais quand on reuoit ſes amours,
Vn moment prés de ce qu'on ayme ;
Repare mille mauuais iours.

MADRIGAL.

EN vain tu veux me secourir,
Raison, ie ne veux pas guerir:
De ses maux mon cœur est complice.
Cessez de tourmenter mes esprits aba-
    tus,
Faux honneur, faux deuoir: si l'amour
    est vn vice,
C'est vn vice plus beau que toutes les
    vertus.

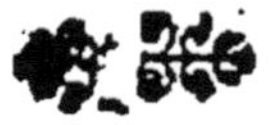

MADRIGAL.

L'On a banny la complaisance,
On n'a plus de respect, on n'a plus
  de constance :
Helas! on ne sçait plus aymer.
Amour, dont le pouuoir autrefois fut
  extreme,
N'entreprens plus de me charmer :
Ou me fais vn Amant qui soit digne
  qu'on l'ayme.

A MADEMOISELLE
DE MONTBASON.
ESTREINES.

MADRIGAL.

Diuine Montbazon, ie pensois vous offrir,
Au premier iour de l'an mon humble
obeiſſance,
Pour marque de reconnoiſſance,
De l'extreme bonté qui vous fait me
ſouffrir.

I'ay cherché dans mon cœur ſon reſpect & ſon zele.
Mais il m'a dit : Helas ! tes ſoins ſont
ſuperflus,
Dez le premier moment que ie m'ap-
prochay d'elle,
Ie me donnay moy-meſme, & ne puis
rien de plus.

MADRIGAL.

Sur la rencontre impreveuë d'vn Amant.

Amour, ton pouuoir est extreme,
Tu triomphes de ma rigueur :
Et ie m'aperçois que mon cœur,
Est bien plus à toy qu'à moy-mesme.
Auiourd'huy i'ay vû mon amant,
Mon cœur l'a retrouué charmant,
Mes yeux ont trahy mon courage :
Et par leurs regards adoucis,
Ils ont dit d'vn muët langage :
Ha ! ie t'aime encore, Tircis.

AVTRE.

TOy qui me demandes fans ceffe,
Quelque foulagement à l'ardeur
qui te preffe ,
Thircis, efpargne ma pudeur;

Tu ne connois que trop , à quòy l'a-
mour m'engage.
Helas ! ie t'ay donné mon cœur,
Faut-il t'en dire dauantage?

AVTRE.

VOus que rien ne peut attendrir,
Et dont la fierté sans seconde,
Laisse cruellement mourir,
Le plus fidelle Amant du monde :
Ha ! pour punir vostre rigueur,
Et pour venger le mal-heureux Phile-
ne,
Que n'ay-ie vos appas, adorable Cli-
mene ?
Où bien que n'auez-vous mon cœur?

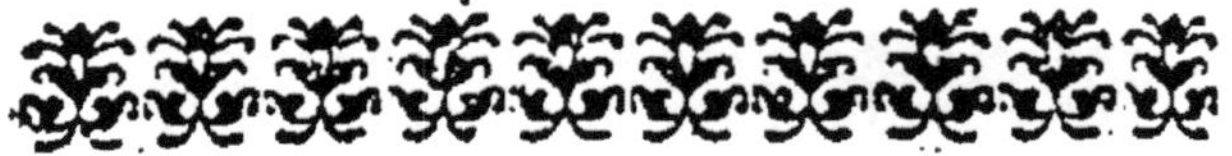

AVTRE.

Q Vand vous auez trouué ce moment fauorable,
Où mon corps de langueur feignoit
d'eſtre abatu:
Hé! pourquoy luy preſter voſtre main
ſecourable?
N'auois-ie pas aſſez de toute ma vertu?

STANCES.

BEau pré, charmante solitude,
Si chere à mon inquietude,
Où i'exhale tous mes soûpirs:
Cher confident 'de mon Martyre,
Helas! quand oseray-ie dire,
Ce que tu sçais de mes desirs?

Souuent sur vn lict de verdure,
Resuant à l'aimable murmure
Du ruisseau qui laue tes bords:
Tu vis quelle fut ma constance,
Qui voulut combattre l'absence,
Par cent inutiles efforts.

Beau ruisseau, si tu vois la plaine,
Qui sert de borne à la Seine,
Cherche l'obiet de mes douleurs:
Mes 'armes ont grossy ta source,
Mes soûpirs ont hasté ta course:
Rends-luy mes sanglots & mes pleurs.

Mais helas! que dif-ie infenfée?
Quelle criminelle penfée
S'offre à mon efprit abatu?
Non, ruiffeau, cache mon martyre.
Ce qui t'ordonne de le dire,
Eft plus foible que ma vertu.

Quelques efforts que l'amour faffe,
Ie paroiftray toute de glace,
Quand ie me fentiray brûler.
O vertu! puis-que tu l'ordonnes,
Ie fuiuray la loy que tu donnes,
Et mourray plutoft que parler.

AVTRE.

De vers irreguliers.

I'Auois cru touſiours impoſſible,
Que mon ſuperbe cœur ſe rendiſt à
l'amour:
Mais il n'eſtoit pas inuincible,
Et Clidamis voyoit le iour.

L'amour ne m'euſt iamais ſoumis,
Ie mépriſois ſon vain ſeruage:
Mais helas ! i'ay vû Clidamis,
Faut-il en dire dauantage?

Triomphe, Amour, fier Tyran de mon
ame,
En vain i'aurois recours à ma foible rai-
ſon:
Mon cœur cherit ce qui l'enflame,
Et ne veut pas ſa gueriſon.

H

LETTRE A VN HOMME
qui m'auoit escrit, pour me prier de
luy expliquer vn soûpir, que sa
Maistresse auoit fait.

J'aurois plutost fait réponce à la lettre
que vous m'auez fait l'honneur de
m'écrire, si i'estois plus accoûtumée que
ie ne la suis, à faire le mestier de confidente. Mais ie vous aduouë qu'il est si
nouueau pour moy, que ie ne sçay encore par où m'y prendre.

Enfin, si ie n'ay pas cette beauté tou-
chante,
Qui consume vn cœur d'vn regard:
Ie pense meriter vn peu plus pour ma
part,
Que le titre de confidente.

Ce n'est pas que la bonne opinion
que i'ay de mon merite, m'aueugle ius-

ques à me faire croire que ie doiue rem-
plir la premiere place de voſtre cœur :
non Monſieur ,

Ie laiſſe le rang de Maiſtreſſe,
A qui peut mieux le ſouſtenir :
Mais entre vn grand amour , & la ſim-
    ple tendreſſe ,
Il eſt certain milieu que ie pourrois te-
    nir.

Ie veux dir:, Monſieur, afin de m'expliquer mieux, que ſans faire tort à voſtre diſcernement, vous auriez pû auoir
auec moy de ces amuſemens galands ,
qui ſans cauſer les inquïetudes de l'a-
mour, s'eleuent pourtant au deſſus de la
tiedeur qu'on a d'ordinaire pour ſes
confidentes. Quand on a de ces intri-
gues commodes auec les perſonnes faites comme moy, l'on ne ſoûpire point
pour elles : mais on eſt aſſez aiſe de leur
cacher les ſoûpirs qu'on pouſſe pour les
autres.

On leur dit quelques fois qu'elles ſont

agreables.
Qu'on craint de les aimer, qu'elles sont
	redoutables,
Et qu'on ne peut les oublier.
La Dame ne croit point ces discours
	veritables,
Et traitte assez le Caualier,
De protestant bannal, & de conteur de
	fables.
Cependant on l'écoute, & l'on s'en
	diuertit.
On répond en riant à tout ce qu'il a
	dit.
Or ostez de l'amour le reste du myste-
	re,
Les helas, les soûpirs, le grand empor-
	tement,
Les ialouses fureurs, le dedain, la co-
	lere:
Il ne restera plus que cet amusement,
Qui ne peut toute-fois se nommer vne
	affaire;
Car le galand dehors, on ne s'en sou-
	uient guére,
Et luy de son costé nous oublie aisé-
	ment.

Voila, Monſieur, ce que i'attendois
de vous , ſans trop preſumer , ce me
ſemble, de mes charmes. Mais vous m'a-
uez détrompée, en debutant de plain
pied par vne honneſte confidence, comme vous auez fait : & puis qu'il plaiſt
ainſi à la mediocrité de mes attraits,
nous nous en tiendrons à la ſimple fra-
ternité , & vous & moy.

Me voila fort bien partagée:
Et loin d'en conceuoir vn bizarre de-
    pit,
Ie dois vous eſtre obligée:
Vous me traittez du moins, fort en fil-
    le d'eſprit.

Ce n'eſt pas que vous ne faſſiez vn
peu plus d'honneur à ma prudence,
qu'à ma ieuneſſe : mais ce qui me con-
ſole,

C'eſt qu'on ſçait qu'aux ames bien nées,
La vertu n'attend pas le nombre des an-
    nées.

. Vous voyez comme vn peu de me-
moire nous tire d'affaire à point nómé,
& que Corneille est quelques fois d'vn
grand secours. Mais cependant, ie l'ay
inutilement fueilleté sur le chapitre du
Soûpir, & ie n'y ay rien trouué, qui puisse satisfaire vostre curiosité : à son def-
faut ie me seruiray de ces deux vers,
que i'ay vû dans quelqu'autre lieu.

Quand on veut dire, i'aime, & qu'on ne
    l'oze pas,
Le cœur à poinct nommé nous fournit
    vn helas.

Ou si vous voulez:

Quand on veut exprimer vn amoureux
    desir,
Le cœur à poinct nommé nous fournit
    vn soûpir.

Voila, Monsieur, toutes mes autho-
ritez : si elles ne sont pas valables, n'en
accusez que mon peu d'experience, auec
le temps ie prendray des tablatures.

Et pour contenter vos defirs,
Ie deui.ndray fi fçauante en foûpirs,
Que par certain efprit que ie croy pro-
    phetique,
Dés auiourd'huy i'oze bien vous iurer,
Que ie les reduiray par ordre Alphabe-
    tique,
Et que i'enfeigneray l'art de bien foû-
    pirer.

AVTRE.

En forme de Portraict.

VOus me mettez dans vne estrange necessité, en me monstrant
tous les iours de nouueaux effects de
la bonté de nostre Prince, sans me
donner les moyens de m'en rendre digne. On vous escrit obligeamment en
ma faueur, on témoigne qu'on m'esti-
me; & tout ce que ie pourrois faire
en toute ma vie, ne sçauroit m'ac-
quitter de la moindre partie de ce
que ie dois à cette generosité. Que fe-
ray-ie donc? & comment accorder deux
choses aussi éloignées, que les témoi-
gnages de bienueillance d'vn si grand
Prince, & le pouuoir d'vne personne
comme moy? Si ie donnois ma vie pour
son seruice, ie ne luy ferois pas vn grand
present: & i'osterois du monde vne personne

sonne, qui toute indigne qu'elle est de porter le titre de sa seruante, ne laisse pas de souhaitter assez de meriter cette glorieuse qualité, pour aimer encore à viure. Ie reseruray donc les sacrifices sanglans pour d'autres occasions : & puis que ceux d'amour ne sont ny à son vsage ny au mien, ie croy qu'il est à propos de ne luy en faire que despirituels. Que n'ay-ie l'esprit de tout le monde ensemble, pour loüer dignement l'hôme du monde qui merite le mieux d'estre loüé. Mais quand cela seroit, ie ne pourrois rien dire qui n'eust desia mille fois esté dit : & ie croy que le seul moyen que i'ay de publier ses loüanges, c'est de faire son Portrait.

Galante Muse des Portraits,
Quittez pour ce dessein vostre sacré
  bocage:
Accordez moy pour cet ouurage,
Les plus delicats de vos traits :
Peignés dans leur éclat toute la probi-
  té,
Les nobles sentimens, la generosité,

I

84

Le plus solide esprit, le cœur le moins
    parjure :
Et tous ces traits estant vnis,
Vous ne ferez encor qu'vne foible
    pinture
De la belle ame d'Artenis.

Ne vous semble-t'il point estrange que
ie mette le nom d'Artenis au bas de ces
vers ; & qu'au lieu de celuy de quelque
Heros, ie me sois seruie d'vn, qui seroit
mieux apliqué à vn Berger, qu'à vn
grand Prince ? Peut-estre croyez-vous
que la rime m'a forcée à faire ce que
i'ay fait. Ce n'a pourtant point esté cette raison : mais c'est qu'il m'a semblé,
que ce nom d'Artenis me donnoit vne
idée plus conforme à la foiblesse de
mon genie, que ne l'eut pû faire vn non
plus releué. Sans cette innocente ruse,
ie n'aurois iamais eu l'audace de faire le
Portrait que i'ay entrepris ; mais à l'ai-
de de mon nom champestre, ie sens bien
que ie puis continuer de vous dire ce
que ie croy de l'incomparable Artenis.
Sa sincerité est si exacte, qu'il ne vou-

droit pas achepter le plus grand des
biens par le moindre des mensonges.
Il est si fort ennemy de la ruse & de l'ar-
tifice, qu'il ne les pratiqueroit pas mes-
mes en amour, où l'vsage les a renduës
non seulement permises, mais necessaires. Ie luy croy l'ame reconnoissante &
genereuse, l'esprit grand & ferme : &
ie ne doute point, que si l'on occupoit
sa valeur il ne surpassast ses Illustres An-
cestres, bien que les moindres ayent
esté d'inuincibles Heros. Enfin, ie le
croy tel, qu'il merite d'estre parfaitte-
ment honoré de tout le monde:& i'enuie le bon heur de ceux qu'il a la bonté
de considerer. S'il s'amuse à lire cette
lettre, il fera connoistre qu'estant capable de toutes les grandes choses, il fait
les petites auec la mesme facilité, que
s'il n'estoit né que pour elles. Cet illustre Prince seroit seul l'obiet de mon
admiration, s'il n'auoit vne diuine Es-
pouse qui merite bien de la partager
auec luy. Ie ne puis mieux loüer l'vn &
l'autre, que par ce peu de mots.

Elle est digne de luy, comme il est digne d'elle;
Ils sont dignes tous deux d'vne gloire
immortelle.

A
MONSIEVR DV B.

Billet.

DEpuis le iour de noftre connoif-
fance, ie n'ay pas trop de fuiet de
me plaindre de vos foins. Vous me
cherchez auec empreffement, & malgré voftre pareffe naturelle, il ne fe paffe
guére de iours que ie ne reçoiue vne de
vos vifites. Il me femble mefmes, pour
me voir fi fouuent, que vous ne vous
ennuyez pourtant point auec moy.
Vous trouuez, dites-vous, mon en-
tretien charmant : & lors qu'il fe trouue vne occafion de blamer les petites
courfes en Prouince, vous le faites
d'vne maniere à faire iuger, que vous
craignez déia mon abfence. I'ay mefme oüy dire à des gens fort croyables,

que lors-que l'occasion se presente de
parler de moy, vous faites admirable-
ment bien vostre devoir, & me loüez
avec emportement. Tout cela a de l'air
de quelque chose, mon cher Monsieu :
& si vous voulez qu'en confidence ie
vous oûure mon cœur là dessus, vous
auez la mine de m'aimer, ou peu s'en
faut. Vous direz peut-estre, que ie suis
bien vaine, & qu'il n'est pas autrement
sage, que ie vous dise ce que ie pense.
Mais ou toutes les apparences sont faus-
ses, où vous en tenez, mon Braue, assurément. Car enfin,

Depuis le iour de nostre connoissance,
Vous me cherchez auec empressement:
Vous trouuez, dites-vous, mon entre-
   tien charmant,
Vous craignez desia mon absence,
Et me loüez auec emportement.
Si vous voulez qu'en confidence,
Ie vous dise ce que i'en pense:
Vous en tenez, mon Braue, assurément.

A

MADAME DE LA B....

VOus faites grand tort à voſtre merite (Iluſt e Bergere) ſi vous
c oyez que vos Bocages vous derobent
à la connoiſſance du monde & que vô-
ſtre gloire ſoit renfermée dans voſtre
hameau, parmy des Bergers, & parmy
des Moutons. On ſçait bien vous de-
meſler tout cela.

Et malgré voſtre humeur champeſtre,
Vne fameuſe Lyre icy nous fait conne-
   ſtre,
Que les beaux chiffres de Nanon,
Et de ſon fidelle Damon,
Sont grauez par l'Amour ailleurs que
   ſur le heſtre.

Ouy, Diuine Bergere, le bronze ne

veut plus le ceder à l'escorce des Pins
& des Cedres : Apollon commance à
porter enuie au bon-heur du Dieu
Pan : les Nymphes de la Seine sont ialouses des Dryades de vostre solitude ;
& certain esprit Prophetique m'inspire,

Qu'auant que le Soleil ait acheué son
   tour,
Les Dieux feront cesser vostre absence
   cruelle :
Et qu'à iamais espris d'vne ardeur mu-
   tuelle,
Vous ioüyrez en paix du fruit de vostre
   amour.

A MONSIEVR
LE COMTE DE
SERRAN.

DEpuis que vous me diſtes chez vous, que Madame la Ducheſſe d'Orleans eſtoit malade, i'ay fait inceſſamment des imprecations contre ſa maladie ; & ie n'ay pû me repreſenter, qu'vne Princeſſe qui a tãt de belles qualitez fut ſuiette aux meſmes incommoditez que le reſte des mortels. Sans me plaindre du Deſtin, qui la ſoûmet à cette neceſſité, ie ſçay bien que cette conſideration eſt au deſſus d'vne perſonne de ma portée, & que tout ce qui arriue à vne Princeſſe du Rang de ſon Alteſſe Royale, doit eſtre regardé par nous, comme des myſteres ſacrez ; que

D

nous ne pouuons penetrer sans vne es-
pece de sacrilege. De plus , comme ie
n'ay iamais eu l'honneur d'approcher
de Madame , vous me traitteriez sans
doute,côme ces Autheurs chimeriques
qui passent toute leur vie à faire des
Traittez des Espaces Imaginaires , ou
de quelqu'autre chose semblable. Mais
Monsieur,il semble que ie merite vn
peu plus d'indulgeance: car bien que ie
n'aye iamais eu la gloire de parler à
son Altesse Royale :

Sa vertu toutes-fois ne m'est pas in-
    connuë.
Ie sçay quel est son éclat sans pareil:
Ceux qui sont priuez de la veuë,
Ne doutent pourtant point qu'il ne
    soit vn Soleil.

Ie n'ay donc pas besoin du témoigna-
ge de mes yeux en cette rencontre : &
non seulement ie sçay que Madame est
au monde , mais ie sçay de plus , qu'elle en fait vn des principaux ornemens;

9

Qu'elle est vn beau Rameau de deux
  Royales Tiges ,
Qui peuplent l'Vniuers de Heros Cou-
  ronnez:
Qu'elle sort de deux Rois , à qui furent
  donnez,
Les moyens asseurez de faire des pro-
  diges:
Et que pour maintenir sa gloire,
L'esclat de cent charmes diuers,
Luy soûmettent vn cœur, dont l'illustre
  victoire
Vaut l'Empire de l'Vniuers.

Apres cela, Monsieur, ne m'est il pas
en quelque façon permis de m'enque-
rir de sa santé ? Et seray-ie accusée d'a-
uoir vne curiosité temeraire, si ie prens
la liberté de vous en demander des
nouuelles ? Ie m'adresse à vous plustost
qu'à tout le reste du monde , car ie suis
assez bien instruitte du zele que vous
auez pour Monseigneur le Duc d'Orleans, pour croire que vous estes parti-
culierement informé de ce qui le touche : & puis , vous estes Monsieur de
Serran.

Ce nom seul me rend excusable;
Pour depeindre en vn mot vn Sei-
    gneur obligeant,
Genereux, franc & secourable,
Il ne faut que nommer, de Bautru, de
    Nogeant.

Cette verité me fut connuë dez le premier iour que i'eus l honneur de voir Monsieur vostre pere: & l'extreme ciuilité que ie rrouuay ensuite en Mesdemoiselles vos filles, me prouua fortement ce qu'on m'auoit desia dit plusieurs fois, que la Vertu n'a point de sexe. I'espere de vous & d'elles, Monsieur que vous aurez la bonté, d'approuuer la liberté que ie prends auiourd'huy, & que vous me permettrez de disputer à tout le monde, la qualité de,

A MONSIEVR DE...

IL ne tient pas à moy, Monsieur, que ie ne m'acquite de la promesse que ie vous fis hier, de vous donner quelques vne des fleurs du Parnasse, pour les agreables parfums que vous m'auez fait la faueur de m'enuoyer. I'ay dez ce matin coniuré le cœur des Muses, de m'inspirer quelque petite action de grace, digne du present que iay receu de vous. Mais grand Dieu., qu'il est difficile dans le siecle où nous sommes, d'obtenir vne audiance de ces Demoiselles! A peine ay-ie commencé d'ouurir la bouche, que i'ay entendu vne voix qui m'a dit interieusement:

Retire toy d'icy de grace:
Les Heros & les demy-Dieux
Occupent assez le Parnasse:
Laisse nous en repos, mortel audacieux.

Auſſi-toſt que ce commandement a
eſté fait, i'ay remarqué pluſieurs perſonnes qui s'y ſont ſoûmiſes : & il m'a
ſemblé meſme, que celles qui le fai-
ſoient auec le plus de promptitude,
eſtoient les plus cheries des Muſes ; car
elles en auoient au moins quelque
compaſſion. Mais pour ceux qui vou-
loient leur arracher par force des faueurs, elles pronoçoiennt mille ſen-
tences mortelles contr'eux, & contre leurs ouurages. Cependant les
exemples ne m'ont point corrigée, &
l'habitude que i'ay auec les Muſes,
m'ayant fait eſperer qu'elles ne deſap-
prouueroient pas ma hardieſſe ; i'ay
pourſuiuy mon deſſein. Mais par mal-
heur pour moy, la premiere à qui ie
me ſuis adreſſée, s'eſt trouué eſtre Clio,
la plus ſerieuſe de toutes.

Retire toy d'icy, mortelle,
(M'a dit la ſeuere Pucelle,)
Iaiſſe moy poſſeder le bien dont ie
 ioüys:

Ie ne puis te parler: mon ieune Temeraire:

I'ay bien vne plus noble affaire,
I'efcris l'Hiftoire de LOVIS.

Alors elle m'a monftré plufieurs plac-
ques d'airain, fur lefquelles font grauées
toutes les actions de noftre Grand Monarque. Mais ce n'eft pas à vne plume
comme la mienne, à faire la relation
de tout ce que i'ay veu. Ainfi ie me fuis
contentée de l'admirer ; & laiffant la
Mufe dans fa glorieufe occupation, ie
me fuis addreffée à toutes les autres :
Mais ce n'a pas efté plus vtilement.

Dans ce moment la fçauante Vranie,
Eftoit en conference auecque le deftin :
Ils traitoient (m'a-t'on dit) du bon-
  heur du Dauphin,
A qui le Ciel promet vne gloire infi-
  nie.

Caliope difoit, que pour cette Naiffan-
  ce,
Elle auoit tant fourny de vers,
Qu'il n'eftoit plus en fa puiffance,
D'en donner de trois mois vn feul à l'V-
  niuers.

Ie ne ſçay ſi c'eſtoit vne honneſte def-
faite:

Mais elle proteſtoit que le docte Seiour,

Eſtoit preſentement en ſi grande diſet-
te,

Que les pouruoyeurs de l'Amour,

Qui viennent y chercher la douce
chanſonnette,

Les madrigaux & la fleurette,

N'en pouuoient plus trouuer de quoy
fournir la Cour.

Et pour dernier mal-heur, la charmante Thalie,

De qui la veine ſi iolie,

Calme ſi doucement l'ennuy,

A certain fauory qu'on appelle Molie-
re,

Qui poſſede auiourd'huy ſa faueur toute entiere:

La Muſe ne fait plus d'ouurages que
pour luy.

I'ay donc eſté contrainte de m'en re-
uenir, toute côfuſe de n'auoir pû trouuer les Muſes fauorables. Mais, Mon-

fieur, en recompenfe, c'eft dans la plus
fincere Profe du monde, que ie vous
protefte que ma reconnoiffance ne fi-
nira qu'auec voftre generofité ; &
ie pretens dire par là , qu'elles feront
immortelles toutes deux. Souuenez
vous de grace, que la Profe eft le langage du cœur, & que c'eft de cette maniere qu'on publie d'ordinaire les ve-
ritez auffi conftantes, que celle que ie
vous dis, en vous affurant que ie fuis,

MONSIEVR,

Voftre tres-humble & tres-
obeiffante feruante ,
DESIARDINS.

PRIVILEGE DV ROY.

LOVIS PAR LA GRACE DE DIEV, Roy de France & de Nauarre ; A nos amez & feaux Conseillers, les Gens tenans nos Cours de Parlement, Maistres des Reque-stes ordinaires de nostre Hostel, Baillifs, Se-neschaux, Prenosts, leurs Lieutenans, & à tous autres nos Iusticiers & Officiers qu'il ap-partiendra ; Salut. Nostre amé CLAVDE BARBIN Marchand Libraire de nostre bon-ne Ville de Paris, Nous a fait remonstrer qu'il luy a esté mis entre les mains des Poësies inti-tulées, *Les Poësies de Mademoiselle des Iardins.* qu'il ne peut faire imprimer sans nos Lettres sur ce necessaires, qu'il Nous a tres-humble-ment requises. A CES CAVSES, Nous auons permis & permettons par ces presentes audit Exposant, de faire imprimer, vendre & debi-ter lesdites Poësies, en tel volume & caractere que bon luy semblera, pendant le temps & espace de six années, à commencer du iour que lesd. Poësies auront esté acheuées d'im-primer pour la premiere fois ; faisant tres-ex-presses inhibitions & deffences à toutes person-nes de quelque qualité qu'elles soient, d'im-primer, vendre & debiter, fai e imprimer ou contrefaire lesdites Poësies, sans la permission

& confentement dudit Expofant, ou de ceux
qui auront droit de luy, à peine de mille liures
d'amende, & de tous defpens, dommages &
interefts, & de confifcation des exemplaires ; à
la charge qu'il en fera mis vn exemplaire de
chacun liure defdites Poëfies dans noftre Ca-
binet du Chafteau du Louure ; deux en noftre
Bibliotheque publique, & vn en celle de noftre cher & feal le fieur Seguier Comte de
Guyen, Chancelier de France, auant que de
l'expofer en vente fuiuant noftre Reglement :
comme auffi à faute de rapporter és mains de
noftre amé & feal Confeiller en nos Confeils
de prefent en quartier, grand Audiencier de
France, vn recepicé de noftre Bibliothequaire
& du fieur Cramoify, commis par noftredit
Chancelier à la deliurance actuelle defdits
exemplaires; Nous auons dés à prefent declaré
ladite Permiffion d'imprimer nulle, & auons
enioint aux Scindics des Libraires de faire fai-
fir tous les exemplaires qui auront efté impri-
mez fans auoir fcusfait aux claufes portées
par ces prefentes. SI VOVS MANDONS que
de ces prefentes vous ayez à faire ioüir ledit
expofant pleinement & paifiblement, contrai-
gnant tous ceux qu'il appartiendra par toutes
voyes deuës & raifonnables, & à noftre Huif-
fier ou Sergent fur ce requis, faire pour l'execu-
tion d'icelles tous exploits neceffaires, fans demander autre permiffion : CAR tel eft noftre
plaifir. DONNE' à Paris le cinquiefme iour de
Feurier, l'an de Grace mil fix cens foixante-

deux ; Et de noſtre Regne le dix-neufieſme.
Par le Roy en ſon Conſeil : LE MARESCHAL.
Et ſcellé du grand Sceau de cire jaune.

Regiſtré ſur le Liure de la Communauté des
Libraires & Imprimeurs de cette Ville, ſuiuant
l'Arreſt de la Coure de Parlement du 8. Auril
1653. le 20. Feurier 1662. aux conditions portées par ledit Priuilege. Signé, I. DVBRAY.
Syndic.

Les Exemplaires ont eſté fournis.